Las motos de agua

Quinn M. Arnold

CREATIVE EDUCATION

semillas del saber

Publicado por Creative Education
P.O. Box 227, Mankato, Minnesota 56002
Creative Education es una marca editorial
de The Creative Company
www.thecreativecompany.us

Diseño de Ellen Huber; producción de Mary Herrmann
Dirección de arte de Rita Marshall
Impreso en los Estados Unidos de América
Traducción de TRAVOD, www.travod.com

Fotografías de 123rf (Olesia Bilkei), Alamy (Image navi - QxQ images), BigStock (goce, mikumistock), Dreamstime (Евгений Баранов), iStockphoto (1905HKN, crokogen, djjohn, juliedeshaies, kamski, mrtom-uk, wissanu01), Shutterstock (Denis Churin, DR Travel Photo and Video, FamVeld, Martin Charles Hatch, MAGNIFIER, Aitor Serra Martin, muratart, Eddie Phantana)

Información del Catálogo de publicaciones de la Biblioteca del Congreso is available under PCN 2019930446.
ISBN 978-1-64026-254-6 (library binding)

9 8 7 6 5 4 3 2 1

TABLA DE CONTENIDO

¡Es hora de partir!

Las motos de agua son embarcaciones. Van rozando la superficie del agua.

Algunas arrastran inflables o a esquiadores acuáticos.

El casco es la parte de abajo de la moto de agua. Tiene forma de V.

Los manubrios hacen que la embarcación gire.

Los botones de encendido encienden y detienen el motor.

El acelerador hace funcionar el motor.

Un impulsor gira dentro del casco.

Empuja el agua a través de un tubo.

Este hace que la moto de agua avance.

En una moto de agua pueden viajar de una a tres personas.

Los usuarios deben usar chalecos salvavidas.

El conductor usa un **cordón de seguridad**.

Una moto de agua se inclina al girar. Salpica agua por todas partes.

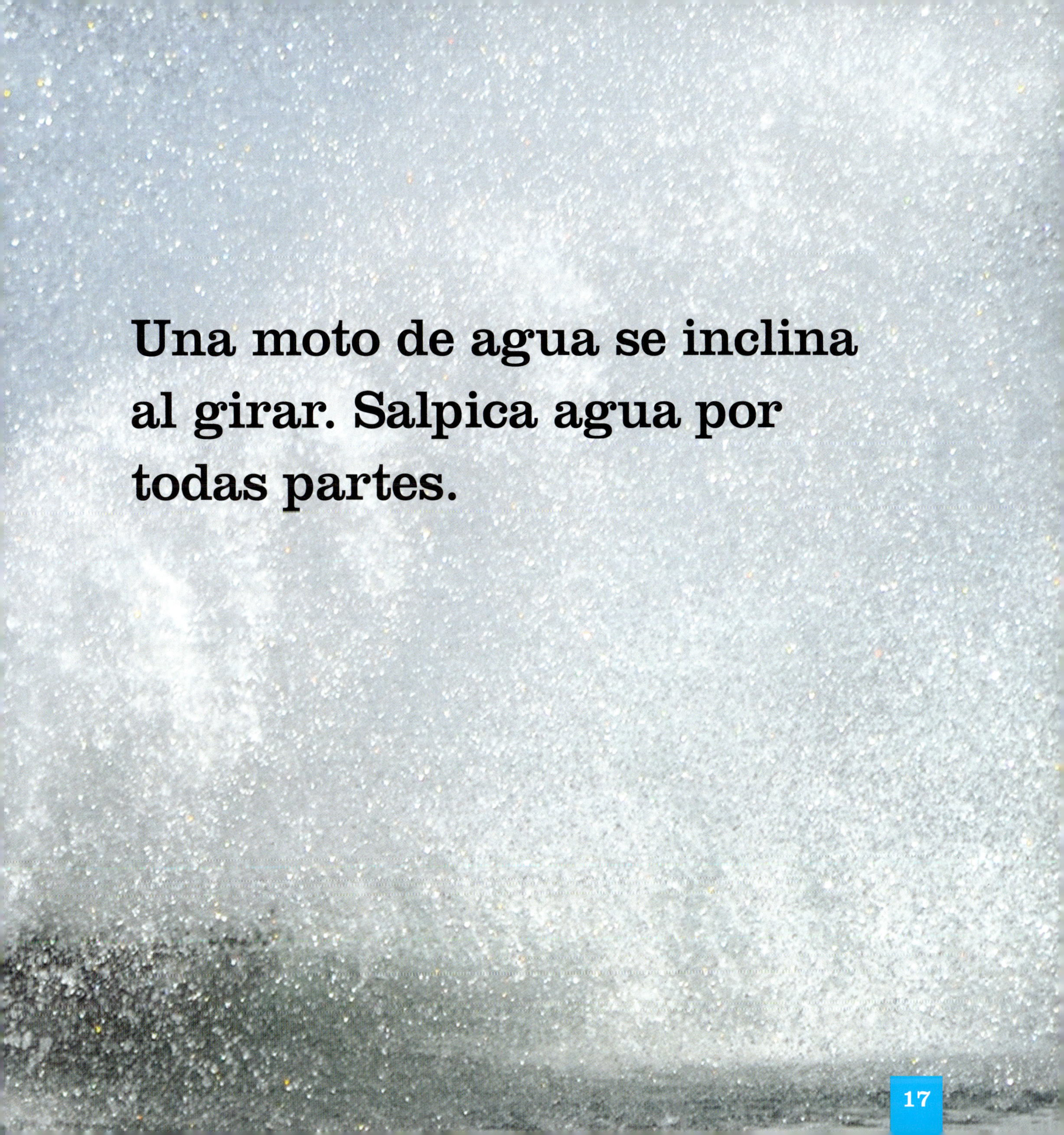

¡A toda velocidad, moto de agua!

RNLI
LIFEGUARD

Dibuja una moto de agua

botón de encendido
manubrio
cordón de seguridad
espejo
casco

Palabras que debes saber

acelerador: el mecanismo que controla la potencia de un motor

cordón de seguridad: un cordón que se conectan la llave al chaleco salvavidas o la muñeca del conductor

embarcaciones: los buques que viajen por agua

impulsor: tres palas de metal que giran para mover el líquido

motor: una máquina que produce energía e impulsa una cosa

Índice